# 塩飽から遠く離れて

平岡敏夫



思潮社

# 塩飽から遠く離れて

平岡敏夫

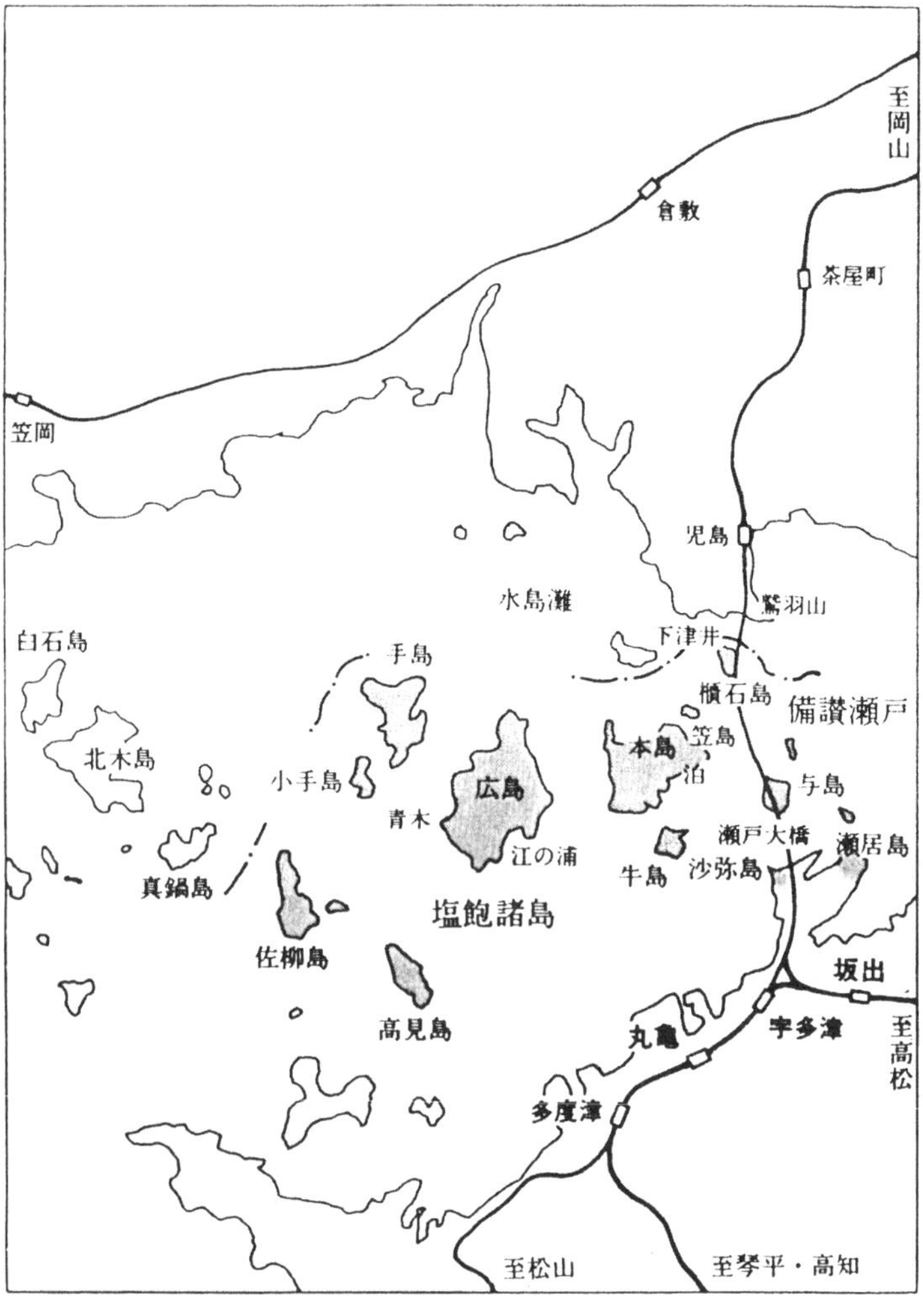
至岡山
倉敷
茶屋町
笠岡
児島
水島灘
鷲羽山
白石島
手島
下津井
櫃石島
備讃瀬戸
北木島
本島
笠島
小手島
広島
泊
与島
青木
瀬戸大橋
瀬居島
江の浦
真鍋島
牛島
沙弥島
塩飽諸島
佐柳島
坂出
高見島
宇多津
至高松
丸亀
多度津
至松山
至琴平・高知

# 目次

装幀＝思潮社装幀室
カバー写真＝新井豊美

塩飽から遠く離れて

# 塩飽島

# 塩飽広島

猫もいない。
犬もいない。
雀もいない。
小学生もいない。
中学生もいない。
旅館も民宿もない。

タクシーも白タクもない。

廃家がある。
廃家の隣りに廃家がある。
廃家のなかに竹藪がある。
廃家の奥まで竹藪がある。
竹藪に埋まった廃家がある。
竹藪しか見えない廃家がある。

海が見える。
浜辺は見えない。
巨大な予算で高い波止場を造った。

漁船はときたま寄留する。
波止場が高過ぎてフェリーが接岸できない。
隣の江の浦のフェリー乗場までは歩けない。
一日二回のコミュニティバスを待つしかない。

戦前はすぐ下の波止場に巡航船が着いた。
荷物も人間も船着き場の波止場を行ったり来たりした。
船員に恋した娘が船が着くたび波止場をうろうろした。

昭和十九年夏、軍帽を目深にかぶり、
プロペラ肩章の制服に帯剣した航空生徒。
巡航船堀越丸が釜の越の波止場に近づく。

はやる心で舳《へさき》に立ち、真先に飛び降りる。

「やあ、帰ったんな」

船大工のおじさんに直属上官の停止敬礼をする。

（「帰省」、詩集『塩飽』より）


復員して父と開墾、藷を植えた畑は、山地の奥に隠れた。

復員少年が丘へと辿ったうねうねとはいのぼる小道も埋もれた。

浦の狭間の水田も畑も見渡すかぎり草茫々、渡り鳥は来ているか。


戦後、公会堂のような建物ができた。

「僻地会館」の木札が掛かった。

「僻地会館とは、よう付けたもんよのう。」

亡父の呆れた声が蘇ってくる。
僻地予算でできたから「僻地会館」、
僻地の外の役人らしい発想だ。
「僻地会館」は建物ごと何時の間にか消えた。

塩飽最高峰三一二メートル王頭山頂に広がる深い蒼空。
花崗岩の斜面が光る山肌の松の緑。
少年の頃と同じく自然は益々美しい。
澄み切った備讃瀬戸の海も島も美しい。
荒れた田畑も廃家も繁りゆく藪も美しいか。
浦々の浜辺と山裾に手入れの行き届いた田と畑。
小学生の声におどろき、水田の五位鷺が飛び立つ。

水田は今は鮒も見掛けぬ澱んだ黒い沼、美しいか。

数年前、塩飽広島人口五百人、今は二百人。
小学校、中学校、鉄筋二階建て、閉じたまま。
市営フェリー塩飽丸の乗客も車両も僅かだ。
八月の盆には満員になり、塩飽訛りの大声がはずむ。
コミュニティバスで生まれ浦に下車、墓参りして、
次のバスでフェリー乗場に引き返す、日帰り墓参の人。
家は廃家で竹藪、井戸水は濁り、一歩も入れない。
空家の電気、水道を止めれば、廃家の道しかない。
塩飽本島泊《とまり》の港に幕府軍艦咸臨丸の碑が立つ。

石造りの堅牢な碑に、塩飽水軍の歴史が息づく。

万延元年（一八六〇）一月、咸臨丸品川出航。

水主《かこ》五十人中、塩飽七島出身三十五人。

塩飽は幕府天領、代官置かず、人名《にんみょう》による自治の島。

本島には塩飽勤番所残り、保存地区の家並みもつづく。

過疎化のなかにも民宿数軒、レンタル自転車も走る。

塩飽本島から牛島にかけて鳶二羽高く弧を舞っている。

本島人口現在四百四人、牛島十一人。*


四人の姉のうち、次女、三女、四女の三人が塩飽広島、

「廃家に囲まれて八十三の姉は、独りで、元気だ。」

こううたった次女は、九十四で丸亀のホーム暮らし。

九十の三女と八十七の四女は、足の痛みと島暮らし。
夕方の一定時刻に毎日長電話するのが生き甲斐らしい。
元看護婦の三女、四女、結婚後も塩飽に生きた二人の歴史よ。

＊二〇一五年十月現在。

# 塩飽島

『大日本地名辞書』より

塩飽島——西讃岐の海上なる群島の総称なり、東は槌戸瀬戸より西は箱御崎に至り常航路の南北に散布す、本島村、与島村、広島村、佐柳島村、高見島村、粟島村の六と為す。本島——塩飽の諸島の元本の島村なり、土俗塩飽七島と称すれど、指す所詳ならず唯大数を称ふる者やらん。

『江戸参府紀行』にシーボルトは記す。
我等は白石 *Siraisi* に向け、ついで
塩飽島 *Siakusima* に向けたり。塩飽は七ツあれば
通常は七島と称《とな》ふ。手島・牛島・高見島・
本島・与島・櫃石島《ひついしじま》・広島之を塩飽の七島とす。

（「塩飽の船影」、詩集『塩飽』より）

現行、塩飽七島は右のごときで、粟島は入らない。
塩飽島は備前讃岐の間に在り、海路の衝に当たりて上古の君主も、
此島を捨てたまはず、神武帝東征、十二代景行天皇、熊襲の乱、倭武尊、
安徳天皇、等々と吉田東伍『大日本地名辞書』（明治三六年）は語り続ける……

近世、太閤九州征伐の時、塩飽島民は按内者として召し出され、その後、高麗陣起こり、運輸の用繁く、回船の功科を給せられて、島中大いに繁盛したり。

そうだった——小学生が広島神社境内に整列、「あーあー、太閤、豊太閤《ほうたいこう》」、これが第一連、第二連の結びだったからよく覚えている。「百年このかた乱れし天下も、千成瓢箪ひとたび出づれば」と歌い出す。秀吉を祀った神社が境内にあり、命日だったか。以後耳にしない歌だ。

寛文の頃、河村瑞賢北海の遭運を開くや議を呈して曰く、北運の海路潮汐険悪なる、東海の比にあらず、船隻は須らく北海の風潮に習慣するものを

雇募するを要す、塩飽の船隻特に完堅精好他州の及ぶべきことにあらず、
その郷民も又淳僕なり宜しく特に多く之を取るべしと、遂に以て功を成せり。

北前船の持船総数一万一千二百石、塩飽牛島の丸屋五左衛門を思い出す。
咸臨丸クルーの大半が塩飽出身だったことも宜《む》べなるかな。

塩飽広島――塩飽群嶼中の最大島とす。水路志云、塩飽本島と広島の中間は
(一海里に近し)広沙堆地殆之を塡塞す、南浜に江の浦と称する小湾あり、
村落散在す、江の浦は内海を航通する諸船舶の為に便利の一錨地にして、
通例夜泊地として之を選用す。

塩飽広島江ノ浦湾に碇泊する黒い帆船の影。

船尾で燃す石炭の黒煙と赤い炎。

日中戦争のはじまった小学二年生の秋の夕暮れ。


（「塩飽の船影」、詩集『塩飽』より）

吉田東伍は広島を塩飽群嶼中最大島と書いたが塩飽最高峰王頭山は記さず、
英国士官レキの故事も知らなかったらしい。

瀬戸内海測量中の英国軍艦で、
死んだ士官が浜辺に葬られた。

「英国士官レキの墓」

学校の行き帰り、ぴょこんとおじぎをしたもんだ。

建立は幕末のこの浦の庄屋、名字帯刀。

花嫁はその子孫だったそうだ。

（「浜辺のバラード」、詩集『浜辺のうた』より）

東伍は江の浦という小湾あり、村落散在す、とそっけないが、幕末、江の浦の庄屋岡良伯が、英国軍艦シルビア号で没した士官レキの墓を建てたのだ。『大日本地名辞書』は塩飽最大島の広島の項に、どの島よりも少ない僅か五行を与えたが、広島の行末を見抜いていたか。

# 四人の姉たち

# 長女篇

長女は大正七年の生まれのはず、もっとも記憶の遠い姉だ。
手許の父の軍隊手帳――大正三年広島五師団入営、六年退役。
三年の兵役終わって翌年誕生、その間に結婚があったわけなのだ。
同年兵たちとの写真の父は、長身、なかなかの美男子だ。
長女を抱いた丸髷の写真の母は、色白で優しく、ふっくらしている。
はじめての女の子、若い父母はどんなに可愛がったことだろう。

二十代の姉の写真、ほっそりした優しい美人で、両親似だ。
大正十年、十五年、昭和三年と女の子が続き、昭和五年、男の子。
さらに男の子、女の子。当時は子沢山という程じゃないだろう。
島出身で坂出に暮らす家に行儀見習い・お手伝い、十六歳ごろだったか。
たまに帰る姉は少し垢抜けはしたけれど、おっとり気立ては変わらない。
何年かして金蔵寺の旧家に嫁ぎ、訪ねた弟はそのおっとりが気になった。
お腹に子が出来、出産で坂出に。やがて箪笥や鏡台が送り返されてきた。
婚家の隣家が師範学校の美術教授、生徒の弟にも何か伝わってきたらしい。
一、二年か経って坂出に縁談起こり、師範生は近所二軒聞き込みをした。
たちまち相手先に伝わることも知らずに十七歳、よくやったもんだね。
縁談整い、娘を抱いて九州へ、遠賀川沿い直方暮らし、長男も誕生。
夫死後、十代の娘と息子を連れて大阪の義弟をたより、息子は元気に働いた。

妹は義弟の妻、キリスト教信仰篤く、結婚した娘も篤く、長姉も篤く信じた。
老人ホームに九十七歳、毎朝車椅子で広間の所定の位置に置かれ、
長姉はまる一日、静かに、記憶微かに、優しく、おっとり、過ごしている。*
遥か長姉を思うとき、遥か遥か若き父母が現れ、続く姉たちも浮かぶのだ。

*長姉は二〇一六年一月死去、九十七歳。

# 次女篇

長女は一緒に暮らした記憶のない姉だったが、次女こそは実態の姉だった。
次女の姉はよく詩にうたい、いや、うたったのは次女ばかりだった。

姉さん
その僕は卒業する。

姉さんの喜びのために私は卒業の日をうたいます。

（「卒業の日に」、詩集『愛情』より）

何のことだか分からぬが、この前十行を引かぬのは姉が悲しむと思うから。

京都丸太町御前通り東入ル。
洋裁店に住みこむ十七の姉を乗せた第八堀越丸、
門出《かどで》と知って汽笛を三度鳴らしつつ、
立石浦《たていしうら》を一巡して岡山の玉島港をめざす。

（「京都七条鞘町通り」、詩集『塩飽』より）

生まれ故郷塩飽広島をはじめて離れる姉の光景、姉の原像。

空襲を受けず古色蒼然たる京の町並に、ツルヤ洋裁店は痕跡もない――
近くの郵便局の窓口で、塩飽広島の姉へハガキを書いた、
今、はじめて来た丸太町御前通り東入ル、ツルヤ洋裁店は影も形もない――
郵便局は悲しいのすたるぢやの存在だと言った詩人を思い出しながら――。

（「丸太町御前通り東入ル」、詩集『蒼空』より）

姉をうたった詩はまだあるが、貧乏、病苦を誇張した弟の学生小説は喜ばなかった。事実と異なる以上に、父や母の誇り、矜持の人生に関わるからだった。朝起きるとまず日を拝み、父、母にお茶湯して手を合わせ、また神棚に祈る。亡き父母を心から尊敬し、短所をあげつらうことなど、たえてなかった。戦後、京都から帰った姉が熟達の洋裁で父母の心をどれほど支えたことだろう。

島から出て長い学校生活をはじめた弟はそれを知らない。
姉は島の人々、その歴史についてまことに強記、貴重な語り部《べ》だった。
カラフト、オヤ、アタシャ、ゼンオッサン、ソラジョ、ジンゴマル、モトジャ……
話しだすと、すぐ二時間は過ぎて行った。知らぬことばかりの人間ドラマ。
存命中もっと聞いておきたいと思いながらも弟は、自分より姉は長生きすると思った。
同じ浦に三女、隣の隣の浦に四女がいて、なぜ姉は丸亀のホームに入居を決めたのか。
四人のなかでもっとも気丈なはずの姉が独居の孤独に耐えられなくなったのか。
「まあちゃんとこ灯《ひ》が点《つ》いとらんけんど、大丈夫やろかなあ?」――
たまに浜の店にくる人が、ひとりで店する主婦に尋ねたりする。
最年長を自覚する姉は、何よりも人に心配や迷惑をかけることが辛かったのだ。
五人姉妹でただひとり独身を通し、実家の母がわりを務めて来た姉。
土葬で銘々墓だった墓原が時代と共に一家の統一墓となり、家の墓も完成した。

父母と共に眠れる安住の場所ができた姉の喜びは大きいようだ。
九十五歳、姉はホームで弟妹に静かなトーンで、塩飽の語り部、ひとり語り続ける。

# 三女篇

コミュニティバスが一人を下ろして去ると、墓原の左側を上ってゆく。
緩い坂なのに途中で立ち休み、九十歳の姉もそう言っていたな。
両側廃家の姉の玄関を入る、二人の若いヘルパーさんが飛んでくる。
「まっつい！」と異口同音、弟は姉にそんなに似ているのかな？
きょうだいみんな似ているとも言われるが、心が表れているのかな？
岡山医専在学の小学校恩師の勧めで受けた岡山医大付属看護婦養成校。

合格電報を頭に載せて飛び舞う姉の姿が今もはっきり浮かんでくる。
二十《はたち》で津田外科副婦長の姉は、陸幼の入試問題集も送ってくれた。
蜜柑箱の上にカンテラを点《とも》し、三次方程式を解いていた深夜の汽笛。
昭和十九年三月末、姉が盲腸炎、大津の航空学校への出発を早め、
見送りのない波止場を立って、医大の病床の脇で父と寝たんだったね。
戦後、姉は一大決心したのだろう、父母の説得にも応じたのか、
小学校の親しい友の兄と結婚、坂を上った台地の先、母の遠い実家。

浜辺の墓原の父と母、
土葬だから銘々墓、離れ離れに立っている。
昨秋逝った義兄の墓。
明和五年（一七六八）以来の戒名が並ぶ。

蕪村が対岸の丸亀に来たころだ。
母の遠い実家だ。
その七代目の義兄は、
「塩飽《しわく》広島出身の中井初次郎は、榎本武揚と同等だった。」
帰省のたびに義兄と塩飽の話ばかりした。
咸臨丸、朝陽丸、開陽丸——塩飽の水主《かこ》の物語。
塩飽の話はもう出来ない。

（「浜辺の墓」、詩集『明治』より）

国民学校で丸亀——善通寺の金比羅街道を「行軍」し、工兵隊見学、
物干場《ばっかんば》近くで洗濯していた二等兵の金ちゃんを見かけたときの懐かしさ。
中支戦線から復員、義兄となった金ちゃんに、話し忘れたことだったが。

二人の男児、二人の女児を育て、島の保健婦、何年続けたことだろうか。
島中を自転車、バイクで走り、懇切、はきはき、信頼篤く、好かれた。
叙勲には人気《ひとけ》のない島に記者たちが集来、地方版に写真や記事が出た。
今は一人暮らし、教師だった娘も旭川の先から夫と共によく帰省してくれる。
月に一度フェリーで丸亀の病院に通い、ホームの姉を訪ねてゆく。
年に一度帰省する弟は、姉をたよりにしているが、どちらが先か分からない。
岡山医大、白いユニホームで凛と立つ若いナース、今も変わらぬ姉の原像。

# 四女篇

昭和三年九月生まれの四女と五年三月生まれの弟は一学年の差しかない。
八十七歳の姉は立つのが辛く、タコのてんぷらも揚げられないと話す。
四年生と五年生が複式学級、姉が答えられぬと弟が答える。
何の科目でも弟が出来て姉が出来ない、困ったと姉は嬉しそうに話す。
遅く生まれた妹を背負って浜へ走って行く元気な姉の少女姿が目に浮かぶ。

生まれたての鳥の子、どびんご。
ほそい首を伸ばし、口いっぱい開けて鳴くどびんご。
十二歳の姉の背中に負ぶさったどびんご。
荒神社《こうじんさん》の境内、ラジオ体操を石段で見るどびんご。
腕白坊主らは口々に「どびんご、どびんご」。
本島と牛島の間から昇る朝日が照らすどびんご。

（「どびんご――妹へ」、詩集『塩飽』より）

日赤の看護婦学校二人合格、濃紺の裾長い制服に制帽、喉元に赤十字バッジ。
担任教師は「二人で島中を歩いて来い」、はじめてのことだったらしい。

敗戦時は十七歳、奈良・丹波市《たんばいち》の海軍病院にいた。

一足先に復員していた弟は、姉の持って帰った
風呂敷いっぱいの棒チョコ三本で夜も眠れず。
「健気にも戦場に向か」えなかった奈良の日赤看護婦。
（「真白に細き手をのべて――『婦人従軍歌』」、詩集『明治』より）

軍医が「甲看はおらんか、甲看はおらんか」。乙看のかなしみの記憶も。
二十《はたち》で隣り浦、沖縄戦帰りの青年と縁談整い、髪結いさんが来て花嫁姿に。
手漕ぎの舟に新郎新婦並んで座り、エンドの鼻を曲がって見えなくなった。
石材業の大所帯、大釜を炊くのもはじめて。長男誕生、夫の事故が来た。
火薬で爆破の石が飛んできて、左腕を砕き、化粧品の行商二人で島中を歩いた。
義弟が没し、女児を残して妻は去り、姉は次男と共に赤ん坊を育てた。
浦の外れに雑貨店を構え、店の前の縁台は姉の笑い声、賑やかだった。

長男は関東で私学教授、夫は妻と東京へ医療通いの末、胃癌で死去。
育てた娘の、息子の、弟の孫らが、縁台で商品の食べ放題。
過疎化が進み、店の客もまばらになり、姉は店の中でじっと座っている。
どびんごを背負ってラジオ体操に走って行く複式学級の姉、今も明るい姉。

ふくろう・百舌・うぐいす

# ふくろうの声

ホウー　ホウー　ホウー　ホウー
かすかな、澄んだ音が、くりかえし聞こえる。
ホウー　ホウー　ホウー　ホウー
なつかしい声だ。子供のころ、島の寝床で聞いたふくろうの声だ。
それがどうして都会の昼間に、こんなにかすかに聞こえるのか。

ほうー　ほうー　ほうー　ほうー
浜辺の墓原に梅檀《せんだん》の高木が一本、墓の多くを覆っていた。
夏の夜には、ふくろうが来て鳴き出す。間をおいてまた鳴く。
ほうー　ほうー　ほうー　ほうー
寝床の小学坊主は、気味悪さを含んだ、おおらかな声をじっと聞く。
浜辺に一軒店屋があって、店先でふくろうの子を飼っていた。
子供らが蛙の股裂きを籠に入れる、子ふくろうは爪で押えてむしり食う。
ほうー　ほうー　ほうー　ほうー
梅檀の木に来て鳴くふくろうは、籠の子ふくろうを呼んでいるのかな。
戦争が終わり、復員少年には梅檀のふくろうの声は聞こえなかった。
ふくろうは死に絶えたのか、隣りの島に移ったのか。梅檀も枯枝が増えた。

ホウー　ホウー　ホウー　ホウー
かすかな、澄んだ音が、くりかえし聞こえる。
ふと、呼吸《いき》を止める。ふくろうの声が止まる。
戦後七十年、右肺上葉部分切除、摘出。
ふくろうの声は、肺から出ていたのだ。

呼吸《いき》すれば、
胸の中《うち》にて鳴る音《おと》あり。
凩《こがらし》よりもさびしきその音！　　啄木

ホウー　ホウー　ホウー　ホウー
蛙の股裂きをむしり食っていた子ふくろうの声はかすかだったたか。

ほうー　ほうー　ほうー　ほうー
墓原の栴檀で鳴く親ふくろうの、波音よりもなつかしきあの声！

# 百舌《もず》の一声

秋の夕暮れの石段を下りた途端、
キチキチキチキチキチー１ー、百舌の一声！
夕闇を斜めに真っ直ぐに引き裂いて、
ただ一声、次のキチキチキチキチはなかった。
百舌の声は何年ぶり、いや何十年ぶりだろう。
前の家も廃家、隣りも廃家、廃家のなかの一軒家。

夏のお盆に帰省して、二、三日、雨戸を開けるだけ。
百舌の声を聞く機会はずっとなかったのだ。

秋晴れに百舌鳴く声や明治節

昭和十六年十一月三日の明治節、国民学校になって
はじめての初等科六年生、自作の句だ。
先生は「秋晴れ」「百舌」と季語が二つだからと添削、

秋晴れや旗ひるがえり明治節

どの家にも日章旗はひるがえっていた。

百舌は高らかに縄張りを宣言していた。
直さないほうがよいのにと思っていた。

（「明治節」、詩集『明治』より）

句を作った年の十二月八日、大東亜戦争が始まった。
宣戦の詔書を真っ先に朝会で暗唱した。
秋晴れの島の浦々で百舌は互いにテリトリーを主張していた。
真っ白の砂浜に、船舶兵の上陸用舟艇が突っこんでいた。
軍国少年は島を出て航空学校、陸軍少年飛行兵一年半。
塩飽の百舌の声は遠ざかり、記憶から飛んでいた。
句を作ってから七十余年、島の過疎化は進み、廃家、廃家、
廃家に犬なく、猫なく、雀も飛ばない。

秋晴れの廃家のなかにやっと生きている一軒家。

キチキチキチキチキチキチキチキチーーー、百舌は鳴いたのだ、ただ一声！
六年生坊主が句にしたあの精悍な百舌だったか、幻鳥、幻聴。
百舌の高鳴き七十五日、初霜の下りるころには、
父母の位牌を閉じこめたまま、一軒家はむろん無人の一軒家。

# うぐいす

初夏六月、雨戸を一枚操るとたちまち間近に、うぐいすの声。
ホーホケキョ！　ホーの長音を震わせて、完璧な囀りだ。
廃家のなかの一軒家。海に面して右側、小川を挟んで藪いっぱい。
藪のなかを渡りながらまたホーホケキョ！　声の震えは堪らない。
初夏六月に帰省はないが、初春から鳴き続け、うまくなったのだ。
明治中頃生まれの父が山路を行くと、うぐいすが追って来たという。

突然雨戸が開いて、うぐいすも嬉しかったに違いない。
廃家を二軒過ぎて息切れの坂を上ると、集落一の展望台地だ。
まず眼前に備讃瀬戸の海が一八〇度。左手に瀬戸大橋、島々を大小の船が行く。
その向こうに飯野山（讃岐富士）、右隣りに丸亀城、白い点が天守閣。
ホーホケキョ、ホーホケキョ、ホーホケキョ、ホーホケキョ、
展望台地の広い空間いっぱいに、うぐいすの声、大合唱！
後を追って仲間と来たのか、こんな大饗宴ははじめてだ。だれもいない。
背後から藪と灌木が迫り、うぐいすらはそこから飛び交っているらしい。
廃家に挟まれた一軒家の姉に話すと、よく鳴くときもあるなあとごく普通。
初夏六月、また帰る日はあるか。これが最後とうぐいすは知っているのだ。

# 機帆船　天佑丸

# 機帆船　天佑丸

天佑丸は実在した船の名前です。
戦前、戦中、戦後の一時期、瀬戸内海をよく走っていた
機帆船、つまり機関《エンジン》を持ち、帆も張る小型木造船。
天佑丸もその一隻で、前方のマストの根元にマスト程の横木を付け、
これがクレーンで、帆を張り、船腹に貨物を積み込みます。
後方に船橋《ブリッジ》、その下に船室と機関室、乗組員は夫婦だけ、

もっと大きい機帆船だと三、四人は乗っておりました。
機帆船の前はむろん帆船で、私の子供時代には走っていた。
母の父母が小さい帆船に乗っていて、子供の母が弟と共に待つ。
牛島と本島との間に白い点が浮かび、エンドの鼻に逸れて行く、
次の船も次の船も逸れて行く、その悲しみを母から聞きました。
三本マストの大きな黒い洋式帆船、石炭船もまだ走っていました。
機帆船天佑丸はきれいな船で、小学生の私は好きだった。
塩飽広島釜の越の波止場に天佑丸が停泊しているとうれしかった。
父が忠兵衛じいさんと山から運び出した庭石を積み込む天佑丸。
船長は優男で、作家の水上勉を船乗りにした感じだったと今思う。
奥さんはこの波止場の船大工の妹か姉で、大声で話す人でした。
天佑丸の船籍は高松の西、香西《こうざい》の先の港でした。

学生のころ、奥さんからお祭りに誘われて友人と二人で行った。
奥さん曰く「こんな大きな若いもんが仕事しとらんのは勿体ない」
戦後四、五年たっていたが、天佑丸はもう港におらんかったのか。
「天佑ヲ保有シ万世一系ノ皇祚ヲ践メル大日本帝国天皇」が、
大東亜戦争宣戦布告で依拠した「天佑」に先んじていた天佑丸、
宣戦布告前、小学四、五年生ごろわが天佑丸は確かにおったのでした。
その天佑丸の天佑について私はずっと語りたかったのでありました。

# 天佑丸、長江を行く

昭和十二年七月、支那事変、今でいう日中戦争がはじまりました。
それから二年ほど後か、機帆船にも徴用がかかりはじめました。
わが天佑丸にも徴用が、とうとう来たのでありました。
乗組みは三、四人、小学生の私が覚えているのは船長と船大工だけ。
父は親しかった二人に餞別の品を贈りました。
船長に何を贈ったかは記憶にないが、棟梁には白木の刀を贈りました。

大刀と小刀との間の長さ、鍔はなく、仕込み杖にしては短いものでした。
何年か前、母方の無人の家の縁の下から大刀、小刀を見つけました。
すぐに父に持って行かれたが、長さからいって餞別のとは違うと思った。
機帆船は大阪あたりに集結し、輸送船で中支方面に運ばれるらしい。
エンドの鼻を通るときは、日の丸を下の船腹に振り下ろすからというので、
大勢がエンドの鼻の崖上、足摺りさんから、輸送船を待ちました。
次々、西へ向かう輸送船、船腹をバックに振る日の丸の旗竿が見えました。
打ち振る日の丸だけが見え、打ち振る人の顔、居並ぶ人々はわかりません。
歓呼の声のなか、天佑丸を乗せた輸送船は、西へと行ってしまいました。
天佑丸は長江、つまり揚子江の浅瀬や支流まで人馬、物資を運んだらしい。
瀬戸内海を行ったり来たりの機帆船が、中国の大河や沿海を走っていた。
どれほどの機帆船が砲撃され、損傷を負い、沈没に至ったことだろう。

砲艦の伴走があっても、どれほどの乗組員が撃たれ、死傷したことだろう。人馬還らず、船還らず、だが天佑丸は還って来た、人も船も無事帰還した。大東亜戦争がはじまる前、宣戦布告に先立って、まさにわが天佑丸は、中国戦線に連れて行かれながら、「天佑ヲ保有」していたのでありました。「刀は使ったか」、父に聞かれた船大工の棟梁は「豚の尻尾を切った」と。天佑丸の最後は知らない。

# 蜜柑の花咲くころ

# 蜜柑の花咲くころ

ヒラキのじいさんがやってきた。
子供らの夕食が済んだころ、
戸が開いて、おうと言って上がってくる。
家族のみんながヒラキのじいさんは好きだった。
ちゃぶ台の父のそばの火鉢の五徳には酒のカンピン。
父よりかなり年上だが、ぽつりぽつり話しているのが聞こえる。

ヒラキのじいさんはひとり暮らし、息子たちのことは知らない。
帰ったあとには必ず蜜柑どっしりの竹籠が上がりかまちにあった。
ヒラキの家の庭には大きな蜜柑の木が枝をいっぱい広げていた。
蜜柑の花咲くころ、帰省していた孫だろうか離れで相撲を取った。
蜜柑の花の香りが一面に漂っていた。橙《だいだい》の木もそばにあった。
ヒラキのじいさんの別の孫になるのだろうか、次郎さんがいた。
次郎さんは鹿児島生まれ、父親が鹿児島の女性と結婚したからだった。
次郎さんは都立高校英語教師を定年退職、父の故郷が無性に恋しい。
ヒラキのじいさんは生前、次郎さんを思い出すことがあっただろう。
備讃瀬戸の塩飽の小島から、遠く鹿児島を思ったこともあったかな。
子供らに蜜柑籠提げて、カンピンの酒を交わしつつ次郎の名前も出たのかな。

ヒラキの家が角で、そこから西へと神田株が海を見下ろして並ぶ。

ヒラキ、シンタク、インキョヤ、ニシ、すべて神田姓だ。

ヒラキは新たに開いた家、シンタクも分家新宅、ニシは西に出来た分家。

インキョヤは神田株の当主が隠居したからで、墓には明和五年（一七六八）以来の戒名が並ぶ、私の母の遠い実家、三女が嫁いだ、インキョヤ以外は空家だ。

どの家にも咲き誇っていた蜜柑の木は、どの家にもなく、香りも消えて久しい。

ヒラキの角から南にセおっさん、波止場まで下ってその弟のトラおっさん、みな神田だ。

セおっさんは優しく、入院中の私に付き添う母に見舞いの五十銭銀貨をくれた。

トラおっさんは恐ろしく、通学の子供たちは何かやってはいつも怒鳴られた。

内庭には蜜柑の木が繁っていたが、門の横の橙の花の香りが記憶に残っている。

戦時中、女教師母子が離れを借りたが、今は崩れた門の一部だけが残っている。

# 夏蜜柑の古木

インキョヤから出た夫婦の三女が私の母、神田株だが家並みからは外れていた。
小さい帆船を操る両親の帰りを弟と待ちわびた母の話は繰り返しうたった。
母の父母は子供ながらかすかな記憶があるが、祖父母と呼ぶには影のようだった。
庭に見事な金柑の木があって、登って食べたが、花や香りの記憶はない。
裏手には御影石の井桁の深い井戸があり、そばに夏蜜柑の古木があった。

薫りも高い橘《たちばな》を、積んだお船が今帰る、

今帰る田道間守《たじまもり》、田道間守。
（略）
名も薫る田道間守、田道間守。*

学校で習った田道間守の歌、その哀調が蜜柑の花の香りとともに蘇る。
夏蜜柑の古木は、裂けた大枝に、白い十字の花とともに大きな実を下げる。
今は廃れた山道に、さしかかる大人も子供も、夏蜜柑を捥《も》ぎ取って登って行く。
峠で羽節灯台を眺めながら、夏蜜柑で喉を潤す楽しみはもうだれにもこない。
夏蜜柑の古木は枯れ果てて、白い花の香りどころか株の跡さえ残っていない。

*記紀伝説上の人物。垂仁天皇の命により、常世国《とこよのくに》から非時香菓《ときじくのかくのみ》（橘）を持ち帰ったが、帝は没しており、陵前に供えて悲死したという。

# 塩飽瀬戸内　ある記憶

# 塩飽瀬戸内

ある記憶

飯島耕一さんは書き残してくれた、
少年の日の塩飽や瀬戸内の記憶を。*

平岡敏夫氏から詩集『塩飽』を送られた。
塩飽とは瀬戸内海の中央部に散在する大小の島群、
平岡氏は同じ昭和五年生まれの塩飽広島育ちだった。

当方は岡山市生まれ、幼い頃は夏になると両親が、
下津井の浜に小さな家を借りて泳いだ。
まだ三十代になるかならぬかの父母と、女学校一、二年の
叔母との四人だった。
下津井から塩飽諸島はつい目と鼻の先にあった。
その頃、平岡氏も幼児で島の江の浦辺で泳いでいただろう。

飯島耕一さんの塩飽の記憶は航空兵の記憶をも呼び起こす。

詩集『塩飽』は七十を過ぎた氏が、島への愛情に動かされて、
太平洋戦争のさなか、まだ十四歳の少年として、
陸軍の航空生徒を志願した頃を思い出す詩、また一九五〇年代

初期の学生時代の習作をまとめられたもの。私は繰り返し読んだ。
同じ十五歳、中学四年で陸軍航空士官学校を受験、合格、敗戦。

飯島さんの記憶は、塩飽をこえて瀬戸内の島々にも及ぶ。

私の記憶では、まだ物心もつかない幼少時代の下津井行き、
八歳か九歳の時、今度は幼い弟と両親との四人で福山寄りの
笠岡港から備後灘の北木島へ、大きな部屋から見た夏の浜と海。
その次は（それが子供時代の瀬戸内の最後だった）四国高松への
連絡船の発着港だった宇野港から近い牛が首という小さな島の夏。
太平洋戦争も迫っていたというのに、なぜか明るい島だった。
私は十一歳、弟は七歳、それにまだ生まれて一歳半の妹がいた。

朝早く浜に下りて新鮮な魚を買ったり、弟と木洩れ日の眩しい
裏山に登ったり、午後は早くから浜で水遊び、岩と岩の間を覗く。
小魚やヒトデやイソギンチャクが鮮やかに見えた。
汚染など聞いたこともない時代の、きれいでおだやかな瀬戸内の海。
飯島耕一さんは手紙で「前世の夢のような気がします」と書き、
「そのうち、どこかでお会いできればと思っています」と結んで、逝った。

＊「懐かしい瀬戸内の島山」（「日本経済新聞」二〇〇四年三月七日）

# 「他人の空」

他人の空

果てしなく陽炎もゆる飛行場
揚がる雲雀の声に満たさる

空襲が一時とだえた空はすでに他人の空だった。

キの一〇二《いちまるに》が十六発の機関砲弾を抱えて逃げ回った。
命名前の半ジェット双発機の割れ鐘を引き摺る音よ。
十九期は卒業直前、二十期は入校直後だった航空生徒よ。
君らは間に合ったのか間に合わなかったのか。
七十年前の夏、僕らは間に合ったのか合わなかったのか。
他人の空はかぎりなく蒼く、間に合った魂らは口を閉ざし、
帰って来たまま、今もそこに生きている。

＊

飯島耕一「他人の空」を思い出す。
同じ題の詩を作ってみた。
飯島氏が「他人の空」に定着させた戦後の記憶は、

一般に共有されているだろう。飯島氏は共有する瀬戸内の記憶の中に、
私のことを新聞に書いてくれた。ハガキや手紙を何通もくれた。
瀬戸内と航空兵があったからだった。
会いましょうと言って会えずじまいだった。
飯島氏の「他人の空」を全詩引いておこう。

鳥たちが帰って来た。
地の割れ目をついばんだ。
見慣れない屋根の上を
上ったり下ったりした。
それは途方に暮れているように見えた。

空は石を食ったように頭をかかえている。
物思いにふけっている。
もう流れ出すこともなかったので、
血は空に
他人のようにめぐっている。

（『他人の空』一九五三年、書肆ユリイカ）

「現代詩手帖」（二〇一四・二）の追悼座談会――、野村喜和夫氏「戦後を生き始めた世代に特有の放心的な空間のイメージ」飯島耕一に病的な印象を言う北川透氏は航空士官学校受験を不思議がる。中学四年（五年）から航空士官学校（航士）は受験できない。受験できるのは予科士官学校、予科士から陸軍士官学校（陸士本科）。

その分校が独立、航士となったのだ。

『陸軍航空士官学校』（一九九六年）に「終戦の直前には、第六十二期航空要員に対し、八月下旬に予科士官学校に入校すべき通知が出されている」と。

これ即ち、飯島耕一に関わるもの、航空要員と付した予科士入校通知だった。

飯島氏より四日遅く生まれた私は、すでに一年半近く航空兵だった。

制空権を奪われた「他人の空」に帰ってきたのは、鳥たちならぬ戦死した少年航空兵たちの魂だった。

間に合わなかった少年飯島耕一が「航士」の夢を手放すことがなかったのは、「他人の空」に一瞬定着させた戦後の記憶を持ち続けたからだった。

塩飽から遠く離れて

# 逝きし少年たち

塩飽に生まれ育った少年少女たちは、二十トンの巡航船に揺られ、
四国は丸亀、坂出、松山、高知、本州は玉野、神戸、大阪、京都へ、
大きな希望と不安を抱いて、ひとりひとり、海を越えて行った。
志を持し、不遇に耐え、郷愁に涙しつつ、健気に生きて行った。
戦陣に向かい、戦闘に斃れ、ついに塩飽に帰ることのなかった人たち。

海越えて少年行きし雲の峰
海越えて少年征《ゆ》きし雲の峰
海越えて少年逝《ゆ》きし雲の峰

永遠の希望のように輝いていた雲の峰は、秋になり冬になり消えてゆく。「征きし少年」は「逝きし少年」となり、「復員少年」となってゆく。
復員少年は母も四人の姉たちも弟妹も卒業した塩飽の小学校創立百年で挨拶。

あのフェリーの波止場から出征して二度と島に帰ることのなかった、幾多の卒業生も、今日、ここに出席しています。

# 塩飽から遠く離れて

戦後七十年、知己、友人はほとんど去り、
いつ死んでも自然とだれでも思う年齢《とし》になりました。
敗戦は、陸軍少年飛行兵一年半、所沢飛行場連日空襲、
疎開先の盛岡の岩手山麓でありました。
戦後五年、朝鮮戦争、警察予備隊（保安隊、自衛隊）、

再軍備反対闘争に参加、校舎に長い壁詩を貼りました。
戦後九年、小さな詩集で父母、姉弟、恋人、スターリンの
死までうたったのでありました。
戦後十五年、「安保反対」、国会前、腕を左右に組む充実、
解散後、仲間で飲むビールは格別なのでありました。
戦後二十年、雑誌に「戦後二十年の文学史像」を書きました。
自我と民族、透谷、啄木、竹内好、……
戦後二十五年、全共闘運動、バリケード封鎖、ロックアウト、
焚火の側で『己が罪』*を再読していたのでありました。
戦後四十年、筑波山麓、さらに赤城山麓、通勤片道二時間半、
必ず座れて本がよく読め、短い原稿も書けたのでありました。
戦後六十年、五十年ぶりに詩集を出し始め、瀬戸内、塩飽水軍、

故郷をうたい、浜辺を消したコンビナートに怒り、蒼空の少年
飛行兵の霊を悼み、大津波の子供らをうたったのでありました。
戦後八十年、塩飽の浜辺の墓原に眠っていたのでありました。
廃家、廃家、竹藪が襲い隠し、墓原に人影無し、でありました。
むかし、ダブリンで作った詩を思い出していたのでありました。

小さな島国のアイルランドと日本。
その日本のなかの小島から遠く離れて。

（「ダブリン市民」、詩集『塩飽』より）

同時に王頭山頂の上の遥か上の蒼空を漂っていたのでありました。
十代後半で空に散った多くの先輩たちに挙手の敬礼をしたのでありました。

塩飽から無限に遠く離れて。

＊明治の家庭小説。菊池幽芳作。

平岡敏夫　一九三〇年香川県生まれ。大津陸軍少年飛行兵学校卒業（陸軍航空総監賞受賞）。『大津二郎詩集　愛情』（一九五四）刊行。「学園評論」（同）、国分一太郎編『教師の詩集』（同、牧書店）に詩を発表。日本近代文学専攻。『石川啄木の手紙』（一九九六、大修館書店）で岩手日報文学賞啄木賞。詩集『塩飽』（二〇〇三、鳥影社）、『浜辺のうた』（二〇〇四、思潮社）、『明治』（二〇〇六、同）、『夕暮』（二〇〇七、鳥影社）、『蒼空』（二〇〇九、思潮社）、『月の海』（二〇一四、同）、現代詩文庫『平岡敏夫詩集』（二〇一五、同）。日本現代詩人会会員。

# 塩飽《しわく》から遠《とお》く離《はな》れて

著者
平岡《ひらおか》敏夫《としお》
発行者
小田久郎
発行所
株式会社思潮社
〒一六二―〇八四二　東京都新宿区市谷砂土原町三―十五
電話〇三（三二六七）八一五三（営業）・八一四一（編集）
ＦＡＸ〇三（三二六七）八一四二
印刷・製本所
三報社印刷株式会社
発行日
二〇一七年一月三十日